MES

FEUILLES MORTES

POÉSIES FRANÇAISES

PAR

EUGÈNE LACROIX

AVIGNON

IMPRIMERIE ADMINISTRATIVE ET COMMERCIALE AMÉDÉE GROS

1885

MES

FEUILLES MORTES

POÉSIES FRANÇAISES

PAR

EUGÈNE LACROIX

AVIGNON

IMPRIMERIE ADMINISTRATIVE ET COMMERCIALE AMÉDÉE GROS

1885

A M. EUGÈNE LACROIX

2 juin 1872.

MONSIEUR,

Je vous félicite de l'élévation de sentiments et de la pureté de style que je remarque dans vos vers : ils me rappellent une des plus belles inspirations de l'excellent poëte que nous venons de perdre, celle qui a pour refrain :

> Souviens-toi du ciel, ô ma lyre
> Car c'est du ciel que tu descends !

Aucune rencontre ne pouvait être pour vous plus honorable, car la vie et l'œuvre de Reboul restent pour nous comme d'admirables modèles.

Suivez cette voie, (sans préjudice, bien entendu, de ce que réclament les intérêts matériels, qu'il ne faut jamais sacrifier aux plaisirs de l'esprit), et croyez que je serais heureux d'avoir l'occasion de vous y applaudir.

JULES CANONGE.

MES PLEURS

———

State in gloria Dei
Usque in sœcula.

Qui de nous au pied d'une tombe
N'a senti s'émouvoir son cœur,
Alors que le plus fort succombe
Sur les débris de sa douleur.

Là, pénétré d'un doux mystère
Entre le cyprés et la croix :
L'amour y trouve une prière,
Le regret y trouve une voix.

Haine, discorde, jalousie,
Œuvre d'infime vermisseau,
Passez, ici ce n'est la vie,
C'est le respect pour le tombeau !

C'est l'horizon où tout s'abime
Quand le devoir est accompli,
Richesse, honneur, amour intime
Tombent au gouffre de l'oubli.

C'est le repos où l'âme aspire
Après les luttes d'ici-bas.
Dernière étape du délire
Où tout mortel porte ses pas.

L'enfant y dort près de sa mère.
La mère près de son enfant.
La sœur y retrouve le frère
Sous ce lugubre monument.

Et tandis que l'indifférence
Tient dans l'oubli notre devoir,
Peut-être un parent en souffrance
S'abime ici de désespoir.

Ame. sois sainte ou sois impie !
Comme la nuit succède au jour,
La mort vient remplacer la vie.
Ici. chacun passe à son tour.

Ici, dans sa toute-puissance.
Dieu fit pour nous tous poids égal :
Dans les plateaux de sa balance
Il mit le bien, l'homme le mal.

La vertu nous était donnée :
L'homme voulut son châtiment :
Il mérite sa destinée
Dieu le fit libre en le créant.

Qui que tu sois, dans ce partage,
Tous sont marqués du même sceau :
Un peu de terre en héritage,
La pierre froide pour manteau.

O fragilité de ce monde
Que devenons-nous sous tes lois !
Qu'elle est rigoureuse et profonde
La seule haleine de ta voix.

Passe, dit-elle à la jeunesse,
Avec tes rires, tes plaisirs ?
Le temps après elle ne laisse,
Que des regrets, des repentirs !

Que quelques planches pour demeure,
Que pourriture en vêtement :
Et l'ami même qui nous pleure
Demain oublîra son serment.

Là, tous les âges se confondent
En face de l'éternité :
La richesse où les biens abondent
Devient sœur de la pauvreté.

La vertu sœur de l'innocence,
Et l'impiété vont au port :
L'une aborde avec l'espérance,
L'autre aborde avec son remord,

Ce monde où tout est éphémère,
Oubliant jusque à notre nom,
Foule à ses pieds notre misère
Sous une larme de pardon.

Seule la brise gémissante
Dans le silence de ces lieux.
De son haleine tremblotante
Nous dira d'éternels adieux.

Mais qui sait. ô mon Dieu, si dans votre sagesse.
Rempli par les humains d'un ineffable amour,
Vous n'avez pas créé pour un mort qu'on délaisse
Le hibou dans la nuit, le passereau le jour.

Qui sait ? pour son repos. si l'humble tourtourelle
A la fuite du jour ne vient pas en ces lieux
D'un ange rechercher la chaleur de son aile,
Pour y goûter la paix. pour y fermer les yeux.

Qui sait ? de l'océan, si la vague plaintive
Ne fut pas faite un jour en sortant de vos mains
Pour porter aux vaisseaux fuyant loin de la rive.
La prière et la foi dans le cœur des marins.

Depuis le roseau qui s'abaisse
Vers l'onde pure des ruisseaux,
Jusqu'au chêne orgueilleux qui dresse
Vers le ciel ses puissants rameaux,

Tout ce qui naît, vit et respire
Marqué du sceau du Tout-Puissant,
Dans ce mystérieux empire
De l'infime jusqu'au plus grand.

Tout par la mort passe et s'incline
Au ciel, sur la terre en tout lieu,
Devant la Majesté divine
De son Créateur et son Dieu.

Seul en face de ses merveilles
De l'infini vivant miroir ;
L'homme seul bouche ses oreilles,
Ferme les yeux pour ne rien voir.

Son cœur ne bat dans sa poitrine
Que pour l'orgueil, l'ambition :
Tel qu'un vaisseau perdu dessine
Dans la nuit noire son sillon.

Après les coups de la tourmente,
L'homme ne cueille sur le flot
Que la douleur et l'épouvante !
Dieu prend sa voile et son vaisseau.

Pour nous qui vivons de prière
Chrétiens, aux sentiments si forts,
Courbons nos fronts dans la poussière
Et prions, prions pour les morts !

Aramon, 9 Novembre 1884.

UNE RENCONTRE

Transite, benefaciendo.

Un ange voyageant sous l'aspect du vieil âge.
S'en allait d'un pas lent semer la vérité ;
Ne portant avec lui qu'un bien léger bagage.
    Espérance, Foi, Charité.

Les uns, qui le voyaient se disaient avec crainte :
Où va ce voyageur à peine se traînant ?
D'autres disaient encor : Sa mémoire est éteinte,
    A cet âge on devient enfant.

La jeunesse riait de sa folle entreprise,
Et partout le vieillard ne cueillait que dédain :
Mais lui dans sa douleur courbant sa tête grise
    Triste il poursuivait son chemin.

Ici, c'est le hameau, là, c'est la grande ville,
L'un vivant de la paix, l'autre de ses plaisirs.
Le palais somptueux, la chaumière tranquille,
    La fatigue auprès des loisirs.

Plus loin, c'était le bruit de ces fêtes brillantes
Où la jeunesse accourt dans un gouffre fatal ;
Noces, festins sans noms, impudeurs révoltantes.
    Les scènes mondaines d'un bal.

Tôt ou tard l'épi tombe aux tranchants des faucilles :
Et quand le fruit est mûr, l'aveugle moissonneur
Ne vous demande pas, rieuses jeunes filles,
 Êtes-vous la plus belle fleur !

Êtes-vous celles que dans le monde on admire
Dans votre mise altière et vos vains oripeaux !
Qu'importe ? à tous rosiers notre main se déchire,
 Les plaisirs font place à nos maux.

Plus belles sont les fleurs dans leurs riches parures :
La rose, le lilas, le lys et le jasmin,
Dans leurs fins vêtements aux mille couleurs pures,
 Naissent, meurent en un matin.

J'ai vu dans mon chemin toutes ces folles têtes
Criant, pleines d'orgueil : L'avenir est à nous !
L'avenir est bien loin ? bien loin sont ses tempêtes ?
 La jeunesse affronte ses coups.

Détournant son regard où brillaient quelques larmes.
Le vieillard se disait dans le fond de son cœur :
Passons ! je ne dois point ici poser mes armes.
 C'est au chevet de la douleur !

Au centre populeux, ou dans l'humble bourgade.
J'irai frapper partout le regard suppliant.
M'asseoir près du grabat où repose un malade,
 Les deux mains jointes et priant.

J'irai, suivant de près le vieillard qui succombe
Après les durs efforts des luttes d'ici-bas,
Lui parler d'espérance et lui montrer la tombe
Qui va s'entr'ouvrir sous ses pas.

Le voyageur parlait tout en suivant sa route,
Quand soudain dans les airs semblable au bruit des flots,
Un murmure s'élève ! il s'arrête ! il écoute :
Ce sont des cris et des sanglots !

Emu, tremblant de crainte, il se hâte ! il arrive.
Et voit de tous côtés le monde s'amasser :
Mais lui, fendant la foule anxieuse et plaintive.
Trouve une place pour passer.

Là, devant un cercueil, un enfant magnanime,
Debout, les yeux au ciel, le visage éclatant.
Semblait sourire encor, dans sa pose sublime.
Au bonheur d'un petit enfant !

Le vieillard le contemple, et se dit en lui-même :
Heureux enfant ! heureux encor le cœur sans fiel
Qui vient près des mourants consoler ceux qu'il aime,
Leur montrant le chemin du ciel !

Et l'ange descendu des voûtes éternelles
Consultant du regard les traits du voyageur,
S'avança, secouant ses deux petites ailes,
Respendissantes de blancheur.

Le vieillard aussitôt, l'embrasse avec tendresse.
Mon frère ! lui dit-il ? découvrant son manteau.
Moi je m'appelle au ciel l'ange de la vieillesse !
Et l'enfant, à ces mots, dit avec allégresse :
Moi je suis l'ange du berceau !

Aramon, 20 Mai 1884.

ADIEU A MON HIRONDELLE

Tu pars ! où donc vas-tu, ma charmante hirondelle ?
Toi qui volais ici tranquille et sans émoi !
Vas-tu chercher ailleurs un autre cœur fidèle
    Qui t'aime comme moi ?

Tu pars ! oui, je le sais ! l'hiver ne peut te plaire !
Il te faut des climats rechercher la chaleur ;
Il te faut d'autres cieux où ton amour de mère
    Rèjouisse ton cœur.

Adieu, puisqu'il nous faut, compagne fugitive.
Rompre pour quelques jours l'amour qui nous unit :
Me priver de tes chants qu'une oreille attentive
    Écoutait vers ton nid.

Quand mes yeux te suivant auront perdu ta trace,
Cher oiseau que j'aimais, veille alors sur tes jours :
Veille sur les appeaux que l'oiseleur te place
    Comme sur les vautours.

Veille encore sur toi quand tu rases la plaine.
Au bois qui se flétrit du jour au lendemain,
Et tu viendras encor me tirer de ma peine
    Par tes chants du matin.

Quand ton vol atteignant le but de ton voyage
Cherchera tour à tour quelque faible soutien.
Puisse Dieu te donner sur ta lointaine plage
Un toit semblable au mien !

Aramon, Mars 1884.

L'ANGE ET L'ENFANT

Comme dans l'eau d'une fontaine
Au calme et limpide miroir,
Un ange à l'apparence humaine
Dans un berceau venait se voir.

Le cœur content, la créature
De son image qu'il voyait
Dans un enfant à l'âme pure,
Avec bonheur lui souriait.

Viens, jeune enfant qui me ressemble
Dans mon séjour sans lendemain,
Où le cœur à jamais ne tremble
Des doutes d'un jour incertain.

Là, sous ces voûtes éternelles,
Le bonheur s'y goûte en entier,
Les soupirs ont les mêmes ailes,
Les amours le même sentier.

Ici-bas tout n'est qu'amertume,
Que perpétuelle douleur :
Son feu brûlant qui nous consume
Viendrait-il déchirer ton cœur !

Non, non, au sein de ta demeure
Tu viendrais gémir à ton tour.
Le chagrin qui veille à toute heure
Ne te garantirait d'un jour !

L'humble fleur s'attache à la terre ;
L'abeille à sa ruche de miel ;
Mais leurs parfums que rien n'altère
Comme ton cœur montent au ciel.

Le flot dans le flot roule, expire,
L'astre au jour perds de sa clarté.
L'oiseau n'a que l'air pour empire.
Et ton âme l'immensité !

Viens, hâte-toi, fuyons ensemble
Vers mon séjour sans lendemain,
Où le cœur à jamais ne tremble
Des doutes d'un jour incertain.

A travers sa paupière close,
Le jeune enfant né pour les cieux.
Vit soudain briller quelque chose
Que n'avaient jamais vu ses yeux.

Des bras de sa mère mourante
A l'aspect cruel de la mort,
L'enfant ému. l'âme contente,
Avec l'ange au ciel prit l'essor !

Aramon, 7 Janvier 1885.

A M. JULES CANONGE

J 'aime du ciel où tu t'inspires
U n pur rayon de sa clarté.
L a main qui fait vibrer ta lyre
E st cette main qui de l'empire
S ème pour l'immortalité !

C hère à la main qui te la donne,
A ccueille cette humble couronne
N aissant d'un élan fraternel !
O h ! je sais, d'un ton solennel,
N imes fidèle à ta mémoire,
G ardera tes chants pour sa gloire,
E t son encens pour ton autel.

24 Juin 1872.